CW01209452

Childrens Fiction

102000   OTC

£3.00

L3115031614142 GA:5778161

BHF
£3
15/3

ISBN : 978-2-211-06446-0
Première édition dans la collection *lutin poche* : janvier 2002
© 1993, l'école des loisirs, Paris
Loi numéro 49 956 du 16 juillet 1949 sur les publications
destinées à la jeunesse : septembre 1993
Dépôt légal : mars 2007
Imprimé en France par Aubin Imprimeur à Poitiers

Claude Ponti

OKILÉLÉ

lutin poche de l'école des loisirs
11, rue de Sèvres, Paris 6ᵉ

« *Gai et Pas-gai sont dans un bateau,
C'est toujours Pas-gai qui rame.* »

Quand il est né, Okilélé n'était pas beau. Ses parents, ses frères, sa sœur dirent :
« Oh ! Qu'il est laid ! »

Okilélé pensa que c'était son prénom. Et chaque fois qu'il l'entendait, il se précipitait.

Alors, son père, sa mère, ses frères et sa sœur finirent par l'appeler Okilélé. Surtout ses frères et sa sœur qui aimaient beaucoup l'appeler.

Un jour, il vit qu'il n'avait pas la même tête que les autres.

Il décida de se fabriquer un masque…

…pour être comme tout le monde.

Parfois, Okilélé attachait les gens de sa famille avec des cordes pour parlophoner tous ensemble. Il arrivait à bien les attacher, il n'en oubliait aucun…

…mais, à chaque fois, son parlophone était trop serré, et les choses ne marchaient pas du tout comme il voulait.

Souvent, le matin, il prenait un bain de café au lait, et se faisait des bateaux-tartines à la confiture de crème de gruyère au chocolat.

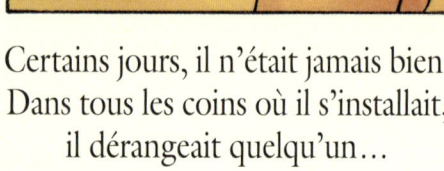

Certains jours, il n'était jamais bien.
Dans tous les coins où il s'installait,
il dérangeait quelqu'un…

…ou quelqu'un le dérangeait.
Même s'il ne faisait pas de bruit, dans la cabane
qu'il avait construite pour être tranquille.

Et quand il réussissait à être à table
en même temps que tout le monde,
tout le monde était fâché.

Alors, il se cachait sous l'évier pour pleurer.
Il y restait des heures entières, et là,
on le laissait tranquille et même on l'oubliait.

Okilélé décida de s'installer sous l'évier. Il construisit un lit suspendu et quelques meubles avec tout ce qu'il trouvait dans la poubelle et qui pouvait encore servir.

Il entreprit aussi de se coudre une cape pour se protéger du froid et de la pluie. C'est alors qu'il rencontra Martin Réveil.

Okilélé répara Martin Réveil qui avait été cassé et jeté à la poubelle. Ensuite, Okilélé brancha l'électricité.

Cette nuit-là, Martin Réveil raconta l'histoire de sa vie à Okilélé, c'était une histoire gaie le soir et triste le matin.

...ET TOUS LES SOIRS, ILS ÉTAIENT... TRÈS TRÈS GENTILS AVEC MOI. ILS ME DISAIENT : S'IL TE PLAÎT, RÉVEILLE-NOUS DEMAIN MATIN, SURTOUT, N'OUBLIE PAS ! ET MOI, LE MATIN SUIVANT, JE LES RÉVEILLAIS... MAIS, LÀ, ILS ME TAPAIENT DESSUS... POUR DORMIR ENCORE... ET ILS ME CASSAIENT TOUS LES JOURS UN PEU PLUS...

Okilélé apprit à lire et à écrire en mangeant de la soupe aux lettres avec son nouvel ami.

Avec lui, il agrandit sa Maison-Sous-la-Terre. Ils creusèrent de nombreux tunnels. Tous les matins, ils inventaient une pièce qui s'ajoutait aux autres. Le soir, ils construisaient le parlophone géant. Avec un vieux poste de radio…

…beaucoup de fil électrique et des tas de choses cassées qu'ils trouvaient dans la poubelle. Okilélé voulait parlophoner avec les étoiles, savoir pourquoi les choses étaient comme ça et pas autrement.

Une nuit, les étoiles répondirent. Elles dirent que quelque part, sur une planète, on avait besoin d'Okilélé.

Okilélé ne sortait plus beaucoup de sous l'évier. Pourtant, un lundi, il dérangea les autres un peu plus que d'habitude.

Ses parents entrèrent dans une grande colère. Il eut tellement peur, qu'il ne put rien dire d'autre que : « Pitrouille ! Pitrouille ! » Mais ses parents ne sortirent pas de…

...leur colère. Ils ne voulaient plus le voir.
Qu'il retourne dans son trou. Et qu'il y reste !
Jusqu'à la Fin des Fins ! Son père prit des briques
et du ciment et l'enferma sous l'évier.

Okilélé décida de partir avec
Martin Réveil pour chercher les voix
qui lui avaient parlophoné. Et trouver
le quelqu'un qui avait besoin de lui.

Okilélé et son ami marchèrent dans la nuit.

Ils marchèrent longtemps, dans plusieurs nuits.

Jusqu'au jour de Gradusse, l'éléphant muet.

Une Cafteuse tomba du ciel pour expliquer ce qui était arrivé à Gradusse qui n'avait pas toujours été muet.

« C'EST GRADUSSE ! L'ÉLÉPHANT MUET ! IL EST BLOQUÉ DEPUIS QU'IL A EU LE DERNIER MOT DANS UNE DISCUSSION... COMME IL A PRONONCÉ LE DERNIER MOT, IL NE PEUT PLUS PARLER ! ET ÇA LE BLOQUE ! ÇA LE BLOQUE ! »

Okilélé réfléchit et dit à Gradusse : « Si tu as eu le dernier mot, tu l'as toujours, et un mot c'est suffisant…

Prononce donc ton dernier mot ! » C'est ce que fit Gradusse. Et il fut délivré.

Il décida d'accompagner Okilélé parce qu'il était très pressé de lui rendre service pour le remercier.

La Cafteuse, qui les suivait de près, savait comment faire avec la Boît-Taréponz.

Okilélé allait enfin entendre les réponses à toutes les questions qu'il se posait, et à celles qu'il ne se posait pas. Mais voilà, Gradusse arriva avant lui.

Le mot n'était pas le bon.
La Boît-Taréponz s'envola.

À cause de Gradusse, Okilélé ne pouvait plus poser ses questions, ni savoir où était le quelqu'un qui l'attendait. Il dit au revoir à Gradusse…

…et s'en alla, seul, avec Martin Réveil, sans plus savoir quel jour on était.

« Maintenant, c'est aujourd'hui », lui dit un vieillard très vieux et très sage qui dormait là.

« Il te faut suivre le fil, trouver la Vieille Forêt et faire l'arbre », dit aussi le vieillard très sage à Okilélé.

Okilélé remercia et partit chercher le fil. C'était un très petit fil, mince comme un cheveu, difficile…

…à voir, jusqu'à ce qu'il se transforme en corde. Okilélé réussit à suivre la corde partout où elle passait…

...sans jamais la perdre de vue. Il arriva au bord d'un précipice où la corde faisait un pont.

Sur ce pont, habitait un monstre qui ne voulait jamais laisser passer personne. Surtout pas un petit rien du tout, avec une seule trompe, comme Okilélé.

Okilélé eut très peur. Il éternua tout son rhume noir d'un seul coup. Il avait toujours eu un petit rhume noir. Il n'y faisait même plus attention. Et voilà qu'il sortait complètement de lui. Et qu'il tuait le monstre.

Okilélé franchit le pont très vite avant qu'un autre monstre ne pousse sur la corde, ou quelque chose d'autre, de plus horrible. Il entra dans un bois de silence où aucun vent ne soufflait.

La corde conduisait à une maison d'où elle ne ressortait pas.

C'était la maison de Pofise Forêt, une vieille sorcière déguisée en vieille femme fatiguée.

Pofise Forêt demanda à Okilélé de remplir son puits sans fond avec une casserole percée.

Elle lui demanda d'enfoncer cinquante douze mille et trois clous dans du bois de fer.

Elle lui demanda de scier et de ranger son bois pour tous les hivers.

Elle lui demanda neuf petits déjeuners par jour. Même la nuit.

Elle lui demanda d'arrêter son ami, Martin Réveil. Okilélé refusa…

…et il reprit son chemin. Martin Réveil était content, il n'aimait pas du tout Pofise Forêt. Elle usait tellement les gens qu'il n'en restait plus que les os. Et après, elle plantait les os autour de sa maison.

Okilélé marchait sans savoir où aller. Il regarda les arbres : ils tenaient le ciel dans leurs branches et la terre…

…dans leurs racines. Ils devaient certainement
tout savoir et tout comprendre. Okilélé leur parla,
mais il n'entendit pas leurs réponses.
Il ne savait pas parler arbre.

Okilélé se souvint des paroles
du vieillard très vieux :
il devait faire l'arbre. Il fit un trou
et se planta dans la terre.

Okilélé fit l'arbre.
Il ne bougea pas.
Il pensa très fort qu'il était
un arbre. Et il sentit
pousser ses bourgeons.

Il sentit pousser ses jeunes
branches, il entendit le petit
froissement de ses feuilles
qui se dépliaient.

Comme il devenait
un très bel arbre,
deux oiseaux le choisirent
pour bâtir leur nid.

Les racines d'Okilélé s'enfonçaient partout dans la terre, ses branches s'étendaient partout dans le ciel.

Il apprenait les secrets des pierres qui sont aussi vieilles que la terre. Et ceux du ciel qui sont immenses.

Il apprit également le langage des oiseaux en écoutant les leçons que recevaient les oisillons.

Et le jour où les oiseaux s'envolèrent, Okilélé cessa de faire l'arbre. Il jeta ses branches et quitta ses racines.

Il savait parler arbre, il savait parler oiseau. Il parlophonait avec le monde entier. Il posa mille questions à n'importe qui, sur n'importe quoi, pendant trois jours et trois nuits.

La troisième nuit, un arbre dit à Okilélé : « Maintenant, tu peux parlophoner à qui tu veux. Pourquoi ne pas aller sur cette planète où quelqu'un t'attend ? »

L'arbre avait raison. Okilélé sauta sur le sol. Martin Réveil aussi.

Okilélé planta une montagne.   La montagne sortit de terre…   …et se mit à pousser.

Elle traversa le ciel.   Elle traversa l'espace.   Et elle atteignit les étoiles.

Okilélé grimpa sur la montagne jusqu'à une planète morte qui tournait autour d'un soleil endormi. C'était ce soleil le quelqu'un qui avait besoin d'Okilélé. Il parlophonait pendant son sommeil. Dans ses rêves, il lui disait que lui seul, Okilélé, pouvait le réveiller.

Okilélé parlophona avec les étoiles. Il parlophona avec le plus petit caillou de tout l'univers. Et il trouva le remède.

Le soleil s'éveilla, guéri. Et sa chaleur s'étendit à nouveau partout autour de lui.

Il donna un petit morceau de lui-même à Okilélé et lui dit qu'il ne l'oublierait jamais.

Okilelé redescendit
de la montagne, Martin Réveil
sur ses genoux parce que c'était
trop dangereux pour lui.

Il trouva la maison de ses parents en ruines.
Elle avait été trempée par les pluies, battue par les vents,
démolie par les tempêtes. Un ruisseau la traversait.

Dans la maison, Okilélé but
l'eau du ruisseau. C'était une
eau salée, une eau de larmes.

Okilélé remonta le long
du ruisseau de larmes.
Il grimpa sur les rochers,
escalada les falaises et arriva…

…dans une forêt de sapins.
Entre les troncs, devant
une cabane de branches,
il reconnut ses parents.

Ses parents pleuraient sans cesse. Tout allait mal depuis qu'il était parti. Les mots disaient le contraire, les mains faisaient autre chose, et les repas n'avaient plus de goût.

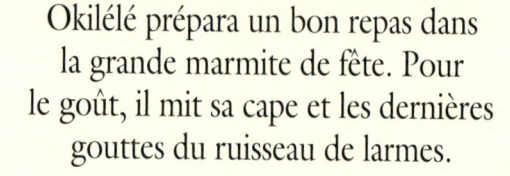

Okilélé prépara un bon repas dans la grande marmite de fête. Pour le goût, il mit sa cape et les dernières gouttes du ruisseau de larmes.

Après le repas, qui dura sept heures et qui avait quatorze desserts ordinaires et vingt-huit extraordinaires, tout le monde dansa la Grande-Danse-de-la-Joie-Joufflue.

Le lendemain, au petit matin, toute la famille se mit au travail, pour reconstruire la maison exactement comme avant, sans rien changer.

Quelques jours plus tard, Okilélé regarda son petit soleil qui était monté dans le ciel. Il pensa à la planète morte et se souvint qu'il avait vu une princesse se réveiller en même temps que le soleil. Il lui restait donc une chose à faire : aller chercher la princesse et l'épouser, si elle le voulait bien.

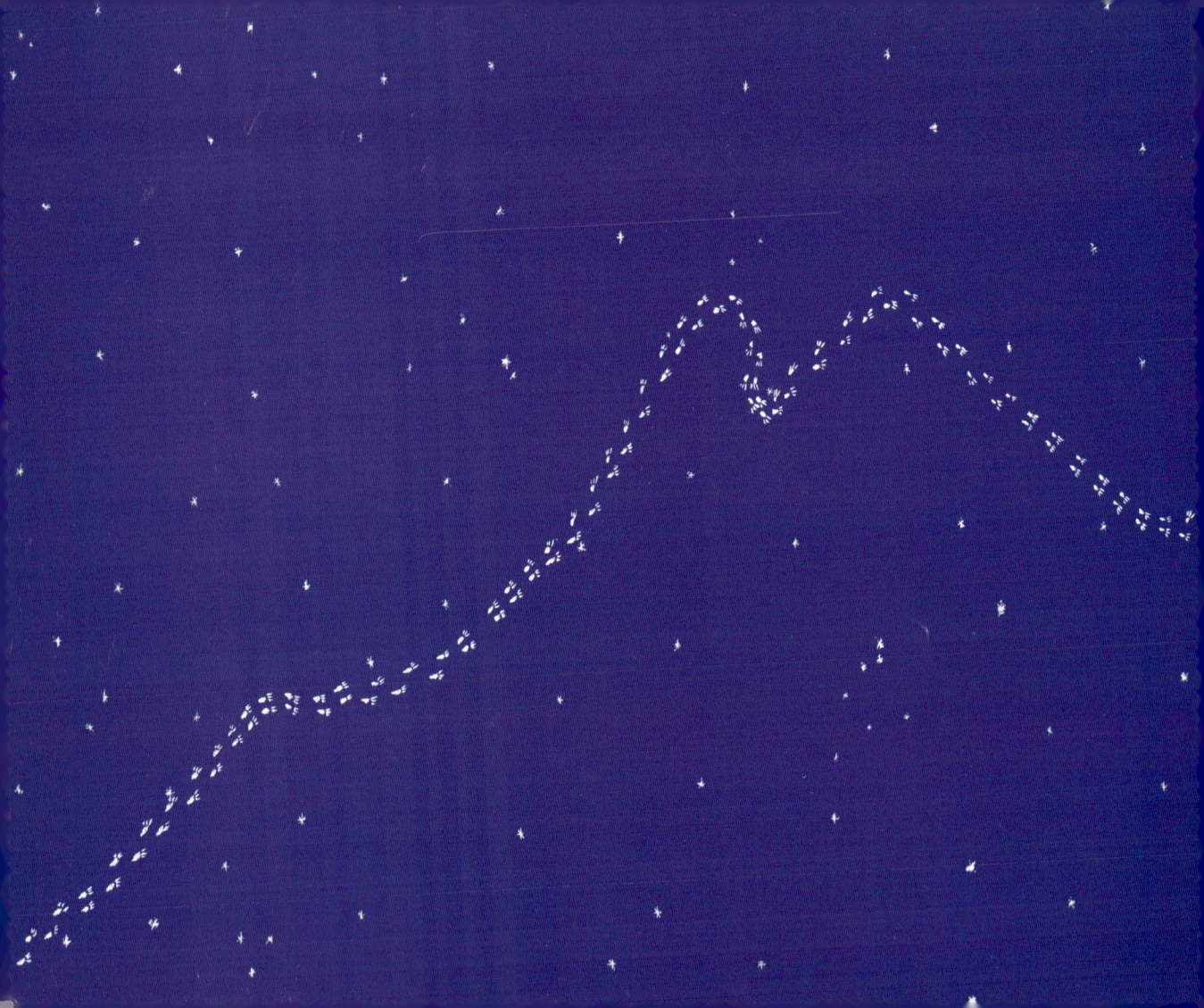